TABLEAUX ANCIENS

DESSINS — AQUARELLES — GOUACHES

GRAVURES

MINIATURES — OBJETS DIVERS

BRONZES ET MEUBLES ANCIENS

CATALOGUE

DES

Tableaux et Dessins Anciens

Principalement

DE L'ÉCOLE FRANÇAISE DU XVIIIe SIÈCLE

IMPORTANT TABLEAU DU XVe SIÈCLE

GRAVURES ANCIENNES DU XVIIIe SIÈCLE, EN NOIR ET EN COULEURS

BELLES MINIATURES

PORCELAINES ET FAIENCES ANCIENNES

OBJETS DIVERS DE VITRINE ET DE CURIOSITÉ

Belles Pendules et Bronzes d'Ameublement

MEUBLES ET SIÈGES ANCIENS

Appartenant à M. L. C...

Et dont la Vente aux enchères publiques

AURA LIEU

HOTEL DROUOT, SALLE N° 6

LES JEUDI 15 ET VENDREDI 16 DÉCEMBRE 1904

à 2 heures 1/2 précises

COMMISSAIRE-PRISEUR

Me PAUL CHEVALLIER

10, rue Grange-Batelière

EXPERTS

MM. PAULME & B. LASQUIN FILS

10, rue Chauchat | 12, rue Laffitte

EXPOSITION PUBLIQUE

Le Mercredi 14 Décembre 1904, de 1 heure 1/2 à 5 heures 1/2

CONDITIONS DE LA VENTE

Elle sera faite au comptant.

Les acquéreurs paieront *dix pour cent* en sus des prix d'adjudication.

L'exposition mettant le public à même de se rendre compte de l'état et de la nature des objets, aucune réclamation ne sera admise une fois l'adjudication prononcée.

ORDRE DES VACATIONS

Jeudi 15 Décembre

Gravures en noir et en couleurs	87 à 97
Aquarelles, Gouaches, Dessins anciens	15 à 86
Tableaux anciens	1 à 14

Vendredi 16 Décembre

Porcelaines et faïences	112 à 131
Objets divers	132 à 149
Miniatures	98 à 111
Pendules et Bronzes d'ameublement	150 à 160
Meubles et Sièges anciens	161 à 173

Paris. — Imprimerie de l'Art, E. Moreau et Cie, 41, rue de la Victoire.

DÉSIGNATION

TABLEAUX ANCIENS

BOUCHER (F.)

1 — *La Jolie Paysanne.*

Charmant petit tableau sur bois, de forme ovale.
Beau cadre en bois sculpté.

Haut., 21 cent.; larg., 17 cent.

DEMARNE

2 — *La Halte devant l'Auberge.*

Toile. Haut., 31 cent.; larg., 39 cent.

DUCREUX (J.)

3 — *Portrait de Dame assise sur un canapé.*

Les bras croisés, vêtue d'une robe à rayures, bordée de plissés, ornée aux manches et sur le devant de nœuds de satin blanc; coquette en dépit des ans, elle ne cache nullement sa poitrine et sourit de façon fort aimable. Sur ses cheveux joliment relevés est posée une coiffure avec rubans rappelant ceux du corsage.

Beau cadre Louis XVI, à feuilles d'acanthe, et guirlandes de fleurs, en bois sculpté et doré.

Toile. Haut., 60 cent.; larg., 50 cent.

DUPLESSIS (C.-M.-H.)

4 — *La Réquisition.*

Un paysan conduisant une charrette de vivres; une jeune villageoise amenant des bestiaux au camp, et des escortes d'hommes d'armes, se disposent à traverser un gué.

Charmant tableau signé à gauche.

Cadre ancien, en bois sculpté et doré.

Bois. Haut., 50 cent.; larg., 58 cent.

ÉCOLE FRANÇAISE (? XVe siècle)

5 — *La Tentation du Christ.*

Les différents épisodes relatifs à ce sujet sont reproduits. Dans le lointain, une ville italienne aux riches palais et aux nombreuses églises; sur le pinacle de l'une d'elles, on voit Jésus et le Diable. De même, on les aperçoit au sommet d'une haute montagne rocheuse. On les voit plus près encore, sur la route contournant la montagne et conduisant à la cité. Enfin, au premier plan, Jésus, les mains jointes, est reçu par les Anges, aux robes éclatantes et aux ailes diaprées, qui se prosternent et chantent ses louanges.

Importante composition aux tonalités vives et d'une bonne conservation.

Bois parqueté.

Haut., 1 m. 51 cent.; larg., 87 cent.

GÉRARD (Baron)

6 — *Portraits de la baronne Pichon et de sa cousine Mme de Fourcroy.*

Amélie Brongniart, qui fut la fille du célèbre architecte qui construisit la Bourse, devint la femme du baron Pichon et la mère du grand collectionneur, baron Jérôme Pichon. C'est elle qui, dans le tableau de Gérard, dont elle fut une des meilleures élèves, est représentée assise. Sa cousine, Mme de Fourcroy, femme du chimiste, est debout auprès d'elle.

Toile. Haut., 1 m. 28 cent.; larg., 1 m. 05 cent.

Provient de la Collection de sa petite-fille, Mme de Pélissier.

GREUZE (J.-B.)

7 — *Jeune Fille pleurant.*

Belle étude du maître, pour l'un de ses tableaux.

Toile. Haut., 50 cent. ; larg., 41 cent.

HEINSIUS

8 — *Portrait d'Actrice.*

Vue presque de face, en buste et coquettement vêtue d'un costume de villageoise ; elle est assise tenant à la main un morceau de chant.

Toile ovale.

Haut., 65 cent. ; larg., 51 cent.

LE PRINCE (J.-B.)

9 — *Un Baptême chez les Petits Russiens.*

Vigoureuse esquisse, d'une chaude coloration.

Toile ovale.

Haut., 42 cent. ; larg., [illegible] cent.

LEPRINCE (XAVIER)

10 — *Vue d'un Palais illuminé, en Italie.*

De nombreux équipages amènent des invités, traversant une foule de curieux pittoresquement groupés.

Joli et fin petit tableau. Sur carton.

Haut., 16 cent. ; larg., 13 cent.

RICCI (S.)

11 — *La Science. — L'Étude.*

Deux pendants. Sujets allégoriques.

Toiles de forme ovale.

Haut., 1 m. 16 cent. ; larg., 86 cent.

ROBERT (Hubert)

12 — *Temple antique, dans une île.*

Intéressant petit tableau sur toile, de forme ronde.

Diam., 20 cent.

ROMNEY (G.)

13 — *Portrait de Femme.*

Vue en buste de trois quarts à droite, une coiffe à rubans de satin pare ses cheveux poudrés : elle est vêtue d'une dentelle noire recouvrant son corsage et tient un livre de sa main droite.

Portrait ovale sur toile rectangulaire.

Haut., 35 cent.; larg., 28 cent.

VOIRIOT (G.)

14 — *Portrait de Femme.*

Peinture sur toile, de forme ovale. Signée.

Haut., 63 cent.; larg., 53 cent.

AQUARELLES, GOUACHES

DESSINS ANCIENS

AUGUSTIN

15 — *Tête de Fillette.*

Charmante étude au crayon noir et à l'estampe relevée de blanc, faite pour exécuter en miniature.

Haut., 285 millim.; larg., 22 cent.

A. BLOEMAERT

16 — *La Distribution de la manne.*

Beau dessin, au trait de plume et pierre noire, relevé de sépia. Dans un cadre en bois sculpté et doré.

Haut., 18 cent.; larg., 26 cent.

17 — *Vénus sur les eaux.*

Étendue dans une conque, traînée par des dauphins, la déesse tient à la main une draperie qu'enfle les zéphirs; des amours voltigent autour d'elle et des tritons, sonnant de la trompe, lui font cortège.

Joli dessin au trait, lavé de sépia et rehaussé de blanc.

Haut., 145 millim.; larg., 25 cent.

BOUCHER (François)

18 — *Nymphe et Amour.*

Très beau dessin aux deux crayons, sur papier gris.
Cadre ancien Louis XV, bois sculpté et doré.

Haut., 36 cent.; larg., 25 cent.

19 — *Le Retour du marché.*

Belle et vigoureuse esquisse aux trois crayons, sur papier bleu.

Haut., 30 cent.; larg., 25 cent.

BOUCHER (François)

20 — *Le Retour à la ferme.*

Importante composition dessinée au bistre, avec rehauts de crayon blanc.

Cadre ancien en bois sculpté et doré.

Haut., 30 cent.; larg., 45 cent.

21 — *La Musique, allégorie.*

Vigoureux dessin, prestement enlevé à la plume, et rehaussé de sanguine.

Ovale.

Haut., 165 millim.; larg., 23 cent.

COCHIN (C.-N.)

22 — *Frontispice.*

Médaillon ovale que des amours enguirlandent de fleurs.

Petit dessin à la sanguine.

Signé et daté : *1776.*

DAMESZ (Lucas) dit LUCAS DE LEYDE

23 — *Portrait de Maximilien Ier, empereur d'Allemagne.*

En buste, tourné vers la gauche, le collier de la Toison d'or sur un vêtement aux larges plis; il tient un papier roulé dans la main droite, l'autre repose sur un entablement recouvert d'une étoffe brodée, ornée de l'Aigle à deux têtes. Le tout s'enlève avec vigueur sur un fond d'architecture. Dans le haut, à gauche, une figure de fou tient un cartouche sur lequel se lit l'initiale L et la date 1520.

Superbe dessin, au trait de plume, sur vélin.

A été gravé à l'eau-forte.

La peinture existe au Musée de Vienne.

Haut., 255 millim.; larg., 19 cent.

DUSART (Cornelis)

24 — *Les Soins maternels.*

Dans un intérieur rustique, assise devant une armoire entr'ouverte, une femme âgée vient de retirer de son berceau un tout jeune enfant, qu'elle tient sur ses genoux, démailloté, et va procéder à sa toilette.

Charmant dessin au crayon et à l'aquarelle.

Signé et daté : *1687.*

Cadre Louis XIII, en ébène.

Haut., 14 cent.; larg., 12 cent.

DYCK (Anton Van)

25 — *Portrait de Jeune Homme.*

Vu à mi-corps et tourné vers la gauche, de tournure élégante; il est assis sur une haute chaise, son épée appuyée contre la jambe gauche.

Beau dessin au crayon noir, hardiment accentué de larges traits de plume.

Cadre du temps de la Régence, en bois sculpté et doré.

Haut., 21 cent.; larg., 17 cent.

ECHARD (G.)

26 — *Portrait du peintre F. Boucher.*

Le peintre est représenté à mi-corps et tournant légèrement la tête à gauche. Il est accoudé sur un dossier de chaise et désigne du doigt un tableau reposant sur son chevalet.

Beau dessin à l'encre de Chine.

Signé à gauche et daté : *1756.*

Haut., 32 cent.; larg., 24 cent.

ÉCOLE FRANÇAISE

27 — *Le Domaine de Chanteloup vu en dehors de la grille d'honneur.*

— *Le Château de Chanteloup, vue prise en avant du bassin des Deux-Gerbes.*

Dans la première de ces vues, on remarque le duc et la duchesse de Choiseul et leurs nombreux visiteurs, désireux de témoigner leur sympathie à ceux que le roi avait exilés à Chanteloup.

A voir cet étrange empressement, on eût cru le duc au faite de la puissance; on l'eût pris pour le dispensateur de toutes les grâces.

On voit défiler successivement MM. de Stainville, d'Emery, d'Estrehan, de l'Isle, de Schomberg, de Gontaut, de Boufflers, de Besenval, le duc d'Ayen, M. et Mme du Châtelet, de Lauzun, de La Borde, de Chabot; Mmes de Poix, de Brionne, de Ségur, d'Enville, de Tessé, de Château-Renaud, de Chauvelin, etc. *La disgrâce du duc et de la duchesse de Choiseul*, par Gaston Maugras.

Dans la seconde, le duc et ses invités quittent Chanteloup en voiture, pour se rendre à la chasse en forêt. Précédé de M. de Perceval, capitaine des chasses et des piqueurs Chamaillé et La Brisée, s'avance le carrosse du duc, attelé de six chevaux et portant à l'arrière trois valets de pied, suivi du carrosse de la duchesse, attelé de même. Le chien blanc du duc, Lindor, manifeste sa joie, et accompagne le cortège.

Superbes gouaches, d'un charmant coloris, éclatantes de conservation.

Haut., 25 cent.; larg., 38 cent.

ÉCOLE FRANÇAISE (XVIIIe siècle)

28 — *La Lecture du Message.*

Dans un boudoir tendu d'étoffe bleue, abritée par un haut paravent, une jeune femme, costumée de rose, lit avec un plaisir marqué une lettre qu'elle vient de recevoir.

— *Le Galant négligé.*

Dans le désordre de la chambre à coucher, la jolie robe rose est jetée sur un fauteuil, auprès de la chaise longue, sur laquelle s'étend une jeune femme, vêtue d'un coquet déshabillé blanc et tenant sur ses genoux une corbeille de fleurs. Dans le fond, on aperçoit un lit défait avec deux oreillers.

Charmantes gouaches, d'une conservation parfaite, sur leur ancien glomis.

Haut., 34 cent.; larg., 23 cent.

ÉCOLE FRANÇAISE

29 — *Projet de pendule.*

Le cadran forme le centre d'une sorte de piédestal, au-dessus duquel deux amours sont accotés à la base d'un brûle-parfums. Au devant, sur un tertre, une bergère, que guette un jeune pâtre, est endormie auprès de son troupeau. Le socle est formé par un motif décoratif à guirlandes, accompagné, à droite et à gauche, de torchères à trois lumières, à la base desquelles une terrasse en rocaille est disposée pour recevoir un petit groupe.

Très belle composition à l'aquarelle.

Haut., 37 cent.; larg., 31 cent.

ÉCOLE FRANÇAISE (XVIIIe siècle)

30 — *Nymphe endormie, sous un berceau de verdure, tenant un chien sous son bras.*

Vigoureux dessin à la sépia, dans la manière de Fragonard.

Haut., 14 cent.; larg., 18 cent.

EVERDINGEN (A. Van)

31 — *Paysages avec pastorales.*

Deux fins dessins au trait lavés d'encre de Chine.

Haut., 10 cent.; larg., 10 cent.

FRAGONARD (Honoré)

32 — *Jeune Femme debout en pied.*

Elle semble marcher vers la droite, retenant sa jupe de la main droite et coiffée d'un grand chapeau.

Très belle étude à la pierre noire, sur son ancienne monture de Ardy.

Cadre Louis XVI en bois sculpté.

Haut., 39 cent.; larg., 25 cent.

33 — *Le Médaillon.*

Une jeune femme, assise devant une cheminée, sort d'une grande boîte un médaillon qu'elle montre à un jeune homme empressé auprès d'elle.

Charmante scène, vivement enlevée au crayon noir.

Haut., 23 cent.; larg., 17 cent. 5.

34 — *L'Instant favorable.*

La main appuyée sur un bureau, une jeune femme semble s'abandonner dans les bras d'un jeune homme qui la soutient avec tendresse.

Dessin au crayon noir largement esquissé.

Haut., 21 cent.; larg., 17 cent.

35 — *Les Hébreux quittant la terre de Pharaon.*

Belle composition au crayon noir frotté d'estompe.

(*Ancienne collection Walferdin.*)

Haut., 25 cent.; larg., 36 cent.

36 — *Bergère et son troupeau.*

Intéressant croquis à l'encre de Chine et à la sépia.

Haut., 18 cent. 5; larg., 25 cent.

FRAGONARD (HONORÉ)

37 — *Jeunes Filles au papillon.*

Gracieux dessin au crayon noir et à l'estompe.

Haut., 17 cent. ; larg., 22 cent.

38 — *Projets de fontaines et vases.*

Spirituels croquis, au nombre de sept, dessinés au trait et relevés de sépia et d'encre de Chine.

Ont été gravés par Saint-Non.

Haut., 20 cent. ; larg., 26 cent.

39 — *Laveuses au bord d'un cours d'eau*, coulant sous de grands arbres.

Dessin au crayon noir.

Haut., 25 cent. ; larg., 38 cent.

(Ancienne collection Walferdin.)

40 — *Intérieur de Parc*, en Italie.

Dessin au crayon noir (a été reproduit à l'eau-forte par Saint-Non).

Haut., 20 cent. ; larg., 26 cent.

41 — *L'Écluse du Moulin.*

Jolie composition dessinée au bistre sur papier chamois.

Haut., 17 cent. 5 ; larg., 26 cent.

42 — *Vue de parc, en Italie, avec nombreuses statues et une fontaine.*

A droite, un haut escalier longeant une muraille conduit à une terrasse.

Spirituel dessin au crayon noir.

Haut., 16 cent. ; larg., 21 cent.

(Ancienne collection Walferdin.)

FRAGONARD (Honoré)

43 — *Mur de parc, devant une fontaine avec des laveuses.*

Intéressant dessin au crayon noir.

Haut., 17 cent.; larg., 24 cent.

(Ancienne collection Walferdin.)

44 — *Le Vieux pont.*

Vigoureux dessin au crayon noir.

Haut., 26 cent.; larg., 39 cent.

45 — *Villa Falconnieri, à Fracasti.*

Beau dessin au crayon noir.

Haut., 21 cent.; larg., 29 cent.

46 — *Cour de ferme, avec mare.*

Dans le fond, un escalier conduit à la terrasse d'un parc orné de statues.

Crayon noir.

Haut., 21 cent.; larg., 29 cent.

47 — *Vue prise dans les Jardins de la Ville d'Este, à Tivoli.*

Importante sanguine.

Haut., 00 cent.; larg., 00 cent.

GILLOT (Claude)

48 — *La Feste du dieu Pan.*

Importante composition avec de nombreuses figures de femmes, d'enfants et de satyres. (A été gravée.)

Sanguine, d'une grande finesse d'exécution.

Haut., 16 cent. 1/2; larg., 36 cent.

VAN GOYEN (Jan)

49 — *Fête publique dans un village de Hollande.*

Très belle et importante composition, animée de nombreux groupes de personnages, signée à gauche et datée 1653.

Crayon noir et lavis d'encre de Chine.

Cadre Louis XVI en bois doré.

Haut., 17 cent.; larg., 27 cent. 5.

50 — *La Rentrée des foins.*

Beau dessin au crayon noir et encre de Chine, signé à gauche et daté 1649.

Haut., 16 cent.; larg., 27 cent.

51 — *Le Passage de la rivière.*

Bon dessin au crayon noir et encre de Chine, signé à droite et daté 1649.

Haut., 15 cent.; larg., 24 cent.

GRAVELOT (Hubert)

52 — *La Collation.*

En attendant la reprise des travaux, momentanément interrompus par une collation servie par une jeune servante, professeurs et élèves, assemblés dans une salle d'études, prennent quelques instants de repos.

Charmant dessin au trait relevé de lavis d'encre de Chine.

Haut., 9 cent. 5; larg., 14 cent. 5.

GREUZE (J.-B.)

53 — *Greuze retrouvant sa Mère après vingt ans d'absence.*

Ce dessin, l'un des plus beaux du maître et des plus émotionnants, a longtemps appartenu à la sœur du peintre, ainsi qu'en fait foi un autographe se trouvant au verso.

Lavis d'encre de Chine.

Haut., 31 cent.; larg., 22 cent.

HOIN (Claude)

54 — *Vue de Parc*, avec pièce d'eau, monuments antiques et colonnade.

Charmante aquarelle, animée de personnages.

Haut., 26 cent., larg., 22 cent.

55 — *Pygmalion et Galatée.*

Dessin au lavis d'encre de Chine relevé de bistre.

Cadre Louis XVI en bois sculpté et doré.

Haut., 39 cent.; larg., 29 cent.

HOUEL (C. H.)

56 — *Paysage Arcadien.*

Jolie aquarelle sur trait de crayon.

Haut., 25 cent.; larg., 20 cent.

HUET (J. B.)

57 — *Troupeaux fuyant devant l'orage.*

Sous la menace de l'ouragan, les pâtres pressent le retour des troupeaux : bœufs, chèvres et moutons affolés se précipitent dans un désordre confus. Au premier plan, un âne, chargé d'ustensiles de ménage, semble hésiter sur la direction à suivre, les moutons bêlent, le chien immobile et attentif, attend la parole de son maître.

Importante composition, magistralement exécutée à la sanguine, relevée de crayon blanc, signée à droite et datée : 1770, la meilleure époque du maître.

Cadre Louis XIV en bois sculpté et doré.

Haut., 32 cent.; larg., 46 cent.

58 — *Amours sur des nuages.*

Série de huit petits dessins en médaillons ronds et ovales.

A la plume et à l'aquarelle.

LANGENDYK (Dirk)

59 — *Combat devant une Église* épisode des guerres de la République en Hollande.

L'armée envahit un village et incendie avec ses projectiles l'église qui sert de dernier refuge à l'ennemi.

Signé : Dirk Langendyk inv. et fecit. 1793.

Très beau dessin, l'un des plus beaux de ce maitre.

Plume lavis d'encre de Chine et sépia.

Haut., 24 cent.; larg., 33 cent.

LE GUAY

60 — *Étude de Femme assise.*

De profil à droite, la tête presque de face.

Charmant dessin à la mine de plomb.

Haut., 27 cent.; larg., 16 cent.

LE JEUNE

61 — *Louis XVI prête serment à la Constitution* (14 septembre 1791).

Beau et intéressant dessin allégorique dans lequel, à côté du Roi, l'on voit assemblés la plupart des personnages politiques de cette époque : Lafayette, Bailly, Mirabeau, etc. La foule massée dans les galeries supérieures de l'édifice, applaudit et acclame l'acte royal. Dans le fond, à travers une arcade s'ouvrant sur les Tuileries, on aperçoit la Reine et ses enfants.

Ce dessin, exécuté à la gouache, a été reproduit en gravure, par David.

Haut., 30 cent.; larg., 22 cent.

LE PAON (J.-B.)

62 — *Halte de Cavalerie dans un village.*

Au premier plan, un cavalier descend de cheval, prend un sac des mains d'une jeune femme.

Dessin au bistre sur trait de plume.

Haut., 29 cent.; larg., 39 cent.

LE PRINCE (J.-B.)

63 — *La Visite à la Ferme.*

Joli dessin à la sépia.

Haut., 15 cent. 5; larg., 20 cent.

LE PRINCE (J.-B.)

64 — *Portrait de Jeune Fille en Bohémienne.*

En buste de 3/4 à gauche, les cheveux serrés dans un mouchoir. Dessin à la sanguine rehaussé de blanc.

Haut., 25 cent.; larg., 20 cent.

VANLOO (Carle)

65 — *Portraits de Jeune Garçon et de Fillette.*

Deux dessins de grandeur nature et faisant pendants, au crayon noir rehaussés de blanc. Signés en toutes lettres.

Haut., 35 cent.; larg., 31 cent.

66 — *Tête de Jeune Femme coiffée d'un bonnet.*

Vigoureuse préparation aux deux crayons sur papier bleu.

Haut., 26 cent.; larg., 20 cent.

MACRET (Charles-François-Adrien)

67 — *Portrait de son Fils.*

Assis auprès d'une table, les bras nus, la figure tournée à droite, il tient à la main un porte-crayon appuyé sur une feuille de papier au bas de laquelle on lit : *Dessinée par Macret.*

Précieux dessin à la sanguine, de forme ovale.

Haut., 25 cent., 5; larg., 22 cent.

MOREAU (Louis)

68 — *Le Moulin à vent.*

Au milieu d'arbres et de frondaisons envahissant des roches qui sont à sa base, un cours d'eau le sépare du parc voisin auquel le relie un pont rustique.

Jolie gouache de forme ronde.

Beau cadre ancien Louis XVI, en bronze doré avec nœud de ruban.

Diam., 11 cent.

MOREAU (École de Louis)

69 — *Paysage avec Cours d'eau et Pêcheurs.*

Gouache sur papier.

Joli cadre ancien Louis XVI, à rais de cœur, pirouettes et feuilles d'acanthes.

Haut., 12 cent.; larg., 20 cent.

MOREAU LE JEUNE (J.-M.)

70 — *Diane. — Iphigénie.*

Deux dessins provenant d'un recueil de costumes commandés par l'Académie royale de Musique, à l'artiste, pour monter « Iphigénie en Tauride » représentée le 23 janvier 1781.

Aquarelles sur trait de plume portant la description du costume et la signature. *J. M. Moreau le Jne. 1781*

71 — *Vignette pour un ouvrage du* XVIIIe *siècle.*

Composition de plusieurs figures, à la plume lavée de bistre. Signé et daté de 1777.

Haut., 14 cent.; larg., 95 mil.

NATTIER (Attribué à J.-M.)

72 — *Portrait de Femme jouant de la basse.*

Elle est assise presque de face, vêtue d'une ample robe à ramages et joue de la basse.

Dessin à double face largement traité à la pierre noire et rehaussé de blanc.

Haut., 35 cent.; larg., 52 cent.

NAUDET

73 — *Sac d'une Église pendant la Révolution.*

Des paysans ivres, affublés des vêtements sacerdotaux qu'ils viennent de piller, enlèvent dans une charette les ornements et objets du culte et se livrent à une parodie sacrilège de la procession.

Intéressant tableau des mœurs de la campagne aux environs de Paris pendant la période révolutionnaire.

Peint à la gouache; signé à gauche et daté 1799.

Cadre ancien Louis XVI en bois sculpté et doré.

Haut., 23 cent.; larg., 35 cent.

DE NEUVILLE (Alphonse)

74 — *Artilleur en faction.*

Dessin à la plume, relevé de lavis d'encre de Chine et rehaussé de gouache. Signé à droite.

Haut., 33 cent.; larg., 24 cent.

PATER (J.-B.)

75 — *Etude de Femme assise,* en grand costume.

Sanguine.

Haut., 20 cent.; larg., 16 cent.

PERGIER

76 — *Projet de Décoration pour un Salon.*

Elle est formée par trois panneaux, surmontés de peintures de forme cintrée, séparés par des statues placées entre des colonnes. Les peintures représentent : Psyché et l'Amour, l'Amour et Vénus, le Jugement de Pâris. Les pendantifs des cintres sont décorés de groupes d'amours figurant les Sciences et les Arts.

Belle composition au trait et à l'aquarelle.

REMBRANDT VAN RYN

77 — *La Femme adultère aux pieds de Jésus.*

Beau dessin à la plume.

Haut., 12 cent. ; larg., 15 cent. 5.

ROBERT (Hubert)

78 — *Le Bas-Relief.*

Sur le parvis d'un édifice, abrité du vent par de hautes draperies, un peintre, dans lequel nous reconnaissons H. Robert, accompagné de deux personnages, dessine un bas-relief antique.

Jolie aquarelle sur trait de plume, d'une exécution très soignée.

Haut., 16 cent. ; larg., 24 cent.

79 — *L'Abreuvoir.*

A la base d'un portique, aux riches sculptures, s'étend une mare où des bœufs viennent s'abreuver. Accroupie sur des marches de pierre, une femme puise de l'eau ; plus loin, auprès de bouquets d'arbre, une barque de pêche est amenée au rivage. Dans le fond, on aperçoit la façade d'un palais.

Important et très beau dessin au lavis d'encre de Chine sur trait de plume.

Signé et daté 1773.

Haut., 44 cent.; larg., 57 cent.

ROBERT (Hubert)

80 — *Prédication dans une rue de Naples.*

Des femmes portant dans leurs bras leurs enfants. Des hommes, des vieillards écoutent avec recueillement les prédications d'un moine.

Très belle étude au trait relevé de sépia.

Haut., 17 cent. 5 ; larg. 25 cent. 5.

81 — *Le Donjon.*

Il s'élève au bord d'une pièce d'eau retombant en cascade. Fond d'arbres.

Joli dessin à la sanguine.

Haut., 36 cent. ; larg., 29 cent.

82 — *Coin de Jardin d'une Villa romaine.*

Sur la gauche, une jeune femme est occupée à tirer de l'eau d'un puits.

Dessin à la sanguine. Signé : *Annibale Robert 1758.*

Haut., 31 cent. ; larg., 22 cent

RUYSDAEL (Salomon)

83 — *Le Vieux Château.*

Il s'élève auprès d'un cours d'eau. La maison d'habitation, la tour en ruines et le mur de clôture sont merveilleusement éclairés par le soleil couchant.

Très beau dessin au crayon noir, lavé d'encre de Chine.

Cadre ancien Louis XVI en bois sculpté et doré.

Haut., 20 cent. ; larg., 30 cent.

SAINT-AUBIN (Gabriel de)

84 — *Le Roi Salomon.*

Très importante composition dessinée à la sépia sur frottis de crayon et relevée de traits à la plume.

Signé à gauche : *Gabriel de St-Aubin pinxit.*

Haut., 355 millim. ; larg., 50 cent.

SAINT-AUBIN (Germain de)

85 — *L'Heureuse Famille.*

Auprès d'une table, la dame, en grande toilette, feuillette un livre. Son enfant est debout près d'elle, jouant avec sa montre, accoudé sur le dossier de sa chaise, le mari lit un papier qu'il tient à la main.

Dessin au crayon.

Haut., 23 cent. ; larg., 21 cent.

WATTEAU (Ant.)

86 — *Etude de Femme debout.*

De trois quarts à gauche, le bras droit relevant sa jupe, le bras gauche en arrière, dans l'attitude de la danse. Sur la même feuille, une étude de main fermée tenant un bâton.

Dessin aux trois crayons.

Haut., 22 cent.; larg., 15 cent.

GRAVURES
EN NOIR ET EN COULEURS

BOILLY (D'après L.)

87 — *L'Optique*, par Cazenave.

Superbe épreuve, imprimée en couleurs, d'une des plus jolies estampes du maître.

DAYES (D'après Edward).

88 — *An Airing in Hyde-Park*, par T. Gaugain.

Magnifique épreuve, imprimée en couleurs, d'une pièce de l'École anglaise des plus rares et des plus intéressantes par les costumes. Marges.

GREEN (V.)

89 — *The bird's nest.* — *The lap. dogs.*

Deux grandes estampes anglaises, à la manière noire, faisant pendants en superbes épreuves. Marges.

JANINET (F.)

90 — *Mademoiselle Duthé* (D'après Lemoine).

Charmant portrait en médaillon ovale, imprimé en couleurs. Encadrement équarri sur lequel sont les noms des artistes, le titre et l'adresse. Rare.

LAWREINCE (D'après Nic.)

91 — *L'Assemblée au Salon.*

— *L'Assemblée au Concert.*

Deux estampes en travers faisant pendants, par Dequevauviller. Très belles épreuves dont l'une est remargée.

MARIN (Louis) (L. BONNET)

92 — *Woman taking her coffee.*

Estampe gravée en couleurs, en médaillon ovale, avec encadrement doré en très belle épreuve.

MOREAU LE JEUNE (J.-M.)

93 — *Le Bal Masqué.* — *Le Festin Royal.*

Deux estampes en noir faisant pendants publiées à l'occasion de la naissance du Dauphin en 1787.

94 — *Le Feu d'artifice.*

Grande gravure en noir, publiée en même temps que les précédentes.

SAINT-AUBIN (D'après Aug. de)

95 — *La Promenade des Remparts*, par Courtois.

Curieuse et toute première épreuve du premier état à l'eau-forte pure, avec signatures à la pointe. Marges.

SMITH (J.-R.)

96 — *His Royal Highness Georges, Prince of Wales.*

Superbe épreuve d'un beau portrait, en manière noire d'après Gainsborough. Marges.

VAN DYCK (D'après)

97 — *Charles Ier, Roi d'Angleterre.*

Gravure en noir par Rob. Strange, en superbe épreuve.

MINIATURES

98 — Dumont (F.). *Portrait de Madame de Songeons, fille du comte de Grasse, lieutenant-général des armées navales françaises pendant la guerre de l'Indépendance, en Amérique.*

Coiffée de larges boucles mettant en valeur des traits charmants et spirituels; elle est vêtue d'une robe sombre. Ses épaules sont enveloppées d'un fichu blanc à col plissé, laissant la poitrine largement découverte. Elle est représentée de face, vue à mi-taille, tenant des fleurs et semblant marcher vers la droite. Dans le fond, on aperçoit le château de Songeons. (Ce château existe encore actuellement à Songeons (Oise).

Superbe miniature, une des plus jolies que nous connaissions de ce maître.

Ivoire, de forme ovale.

Haut., 80 mill.; larg., 65 mill.

99 — Gault (J.-J. de). *Sacrifice a Pan.*

Une bacchante joue du tambourin, un satyre et des faunesses dansent autour d'une gaine, surmonté du buste du dieu. (Signé à droite.)

Miniature ovale sur ivoire; en grisaille, sur fond bleu, montée en médaillon en or ciselé.

Haut., 4 cent. 5; larg., 3 cent. 7.

100 — Isabey (J.-B.). *Portrait du Poète Chénier (Marie-Joseph).*

En buste et de face, il est vêtu d'un habit à revers de velours bleu et cravaté de blanc.

Belle miniature sur ivoire, de forme ronde.

Diam., 6 cent. 5.

101 — Hall. *Portrait de Jeune Fille.*

En buste et de face, un ruban bleu dans les cheveux, relevés autour du visage et se terminant en boucles; elle est vêtue d'un corsage de soie gorge de pigeon décolleté, orné de fleurs; chemisette et manches blanches. Fond de jardin avec jet d'eau.

Charmante miniature, de forme ronde sur ivoire, d'une exécution parfaite et d'une grande fraîcheur de carnation.

Portrait présumé de Mlle de Roguier, présidente du Parlement de Metz.

Diam., 66 millim.

102 — Hoin (Claude). *Portrait de Femme âgée.*

En buste et de face, elle est vêtue d'un corsage rouge décolleté, un ruban bleu orne ses cheveux blonds relevés en haute coiffure.

Miniature sur ivoire, de forme ovale.

Haut., 43 millim.; larg., 35 millim.

103 — Nattier (Mme). *Portrait de la Princesse de Rohan (?)*

Vue de face, à mi-taille, elle a la chevelure ornée d'un cordon de perles. Elle est vêtue d'un corsage de soie blanche entouré d'une écharpe de même couleur nouée sur l'épaule.

Miniature sur vélin, de forme rectangulaire.

Haut., 60 millim.; larg., 40 millim.

104 — Périn (L.-L.). *Portrait de Jeune Femme.*

Vue en buste et presque de face, la chevelure poudrée retombant en boucles est surmontée d'une coquette coiffure de mousseline brodée à rubans bleus; elle est vêtue d'un corsage gris que recouvre un fichu blanc modestement ouvert sur la poitrine.

Bonne miniature sur ivoire, de forme ronde.

Cadre ancien en bronze doré.

Diam., 6 cent. 5.

105 — Périn (L.-L.). *Portrait de Dame et de sa Fillette.*

Assise dans un site montagneux, elle est vue de face et à mi-corps. Vêtue d'une robe de couleur foncée enserrée à la taille par une guimpe blanche, coiffée d'un fichu blanc, elle tient auprès d'elle sa fillette dont elle prend la main. Cette dernière, vêtue de blanc, tient des branches de fleurs dans la main droite.

Jolie et fine miniature du commencement du XIXe siècle, de forme ronde, sur ivoire, ornant le couvercle d'une boîte en écaille brune. Époque du premier Empire.

Diam., 8 cent.

106 — Périn (L.-L.). *Portrait de Jeune Femme.*

En buste, de face, elle est vêtue d'un corsage rose.

Miniature ovale sur ivoire. Du temps de Louis XVI.

Haut., 3 cent. 5; larg., 2 cent. 8.

107 — Périn (L.-L.). *Portrait du Maréchal de Saxe* (?)

Petite miniature ancienne sur ivoire, dans un cadre à réverbère en or émaillé bleu de roi, et placée sur une boîte oblongue en métal doré.

108 — Périn (L.-L.). *Portrait de Jeune Femme.*

De face, vue à mi-taille, sa robe blanche serrée par une large ceinture violette, elle a la poitrine en partie recouverte d'un fichu transparent. Une rose orne son opulente chevelure.

Miniature ronde sur ivoire, du temps de Louis XVI, surmontant une boîte en écaille brune.

Diam. de la miniature, 6 cent.

109 — Périn (L.-L.). *Portrait de Femme.*

En buste, de trois quarts vers la gauche, elle est vêtue d'une robe blanche a collerette à triple plissé. Fond de verdure. Époque de l'Empire.

Miniature sur ivoire, de forme ronde.

Diam., 6 cent. 5.

110 — Périn (L.-L.). *Portrait de Femme.*

En buste, de face, les cheveux blonds entourant son visage de longues boucles, elle est vêtue d'un corsage rouge. Sa main droite retient à la poitrine un long voile qui l'entoure. Époque de la Restauration.

Miniature ovale sur ivoire.

Haut., 8 cent. larg., 6 cent. 5.

111 — École anglaise. *Portrait de la Comtesse d'York et d'Albany.*

En buste, presque de profil, des perles dans la chevelure blonde, elle est vêtue d'un corsage blanc à collerette plissée. Fond clair.

Miniature ancienne sur ivoire, de forme ronde.

Diam., 7 cent. 5.

PORCELAINES ET FAIENCES

112 — Tasse et soucoupe en ancienne porcelaine tendre de Sèvres, à fond arrondi. Décor dit à feuilles de choux avec bouquets de fleurs au naturel. Année 1762.

113 — Tasse droite et soucoupe en ancienne porcelaine tendre de Sèvres, à décor de guirlandes de roses alternant avec un ruban bleu. Année 1786, décor de Le Bel.

114 — Petit groupe en ancienne faïence de Marseille, composé de deux figures d'enfants l'un soufflant dans un flageolet, l'autre caressant un oiseau.

115 — Petit buste de femme du temps de Louis XVI en porcelaine tendre.

116 — Nymphe assise par *Falconet*, ayant près d'elle les attributs de l'Amour. Joli groupe en biscuit. Époque de Louis XVI.

117 — Deux assiettes en ancienne porcelaine de Meissen à fond brun rougeâtre et ornementation d'or : une croix décorée de rinceaux avec fleur de lys au centre, et sur le marli une frise courante de rinceaux et de fleurs de lys. Pièces très rares, datant du commencement du XVIIIe siècle.

118 — Deux assiettes en ancienne faïence d'Aprey, à bords contournés avec rocaille rouge ; le fond est décoré en polychrome d'oiseaux et d'arbustes, le marli est semé d'insectes ailés.

119 — Paire de souliers en ancienne faïence de Rouen, à décor polychrome de roses et de myosotis ; haut talon jaune avec filet noir.

120 — Tasse a dégustier, en forme de bidet, en ancienne faïence de Rouen. Elle est décorée à l'extérieur d'une bordure d'ornement courant en bleu et de godrons jaunes pointillés de noir : à l'intérieur un vase polychrome et des fleurs détachées. Au-dessous l'inscription : *Curon* et la date *1750*.

121 — Grand et beau plat rond en ancienne faïence de Rouen, orné au centre d'une large rosace rayonnante et, sur le marli, de lambrequins et guirlandes. Décor bleu et rouille.

Diam., 60 cent.

122 — Sucrière en ancienne faïence de Rouen en forme de vase balustre à couvercle ajouré. Décor de lambrequins et rinceaux en bleu sur blanc.

Haut., 23 cent.

123 — Bannette de forme contournée en ancienne faïence de Rouen à décor polychrome de guirlandes de fleurs, de rinceaux et d'arabesques sur le marli ; au centre, un panier fleuri.

124 — Bannette a anses en ancienne faïence de Rouen, à décor polychrome japonais de terrasse, arbustes, fleurs, oiseaux et dragon. Le marli est décoré d'une course de branches de fleurs. Marque G.

125 — Assiette ronde en ancienne faïence de Rouen, à décor de lambrequins, coquilles et guirlandes de fleurs. Au centre, une corbeille de fleurs avec ornementation de rinceaux. Décor bleu et rouge.

126 — Compotier à huit pans en ancienne faïence de Rouen, à décor bleu et rouge de lambrequins alternant avec des cartouches à rinceaux. Dans le fond, un panier fleuri avec des ornementations, alentour des godrons en creux dans la pâte.

127 — Deux assiettes à bord contourné en ancienne faïence de Rouen, à décor polychrome de Chinois se promenant au milieu de roches et d'arbustes. Dans le bas, un jeune Chinois navigue dans une nacelle.

128 — Deux assiettes en ancienne faïence de Rouen, à décor polychrome dit à la corne, avec fleurs, oiseau, papillon et semée d'insectes ailés. Ces pièces, d'une conservation parfaite, sont d'une rare qualité de couleurs et d'émail.

129 — Deux assiettes en ancienne faïence de Rouen à bords contournés, à décor polychrome de fleurs détachées, dit : *à la tulipe.*

130 — Bouquetière en forme de corbeille avec anses, de forme contournée, en ancienne faïence de Strasbourg, portant le monogramme de *J. Hannong*. Elle est ornée de rocailles en carmin et décorée au centre de chacun des côtés d'un bouquet de fleurs au naturel.

131 — Paire de bouquetières à anses, en ancienne faïence de Sceaux, décorées de paysages polychromes et d'oiseaux avec ornements rehaussés de carmin et d'or.

OBJETS DIVERS

132 — Deux petits groupes faisant pendants : *Garçonnet récitant le benedicité. Fillette mangeant des œufs.* Ces deux pièces, d'une grâce exquise et d'un travail très précieux, signées : *J. B. Defernex fecit 1760*, ont été certainement exécutées en plâtre comme modèles pour être reproduites en biscuit à Sèvres. Socles imitant le marbre.

Le sculpteur Defernex est l'auteur du superbe buste en terre cuite représentant Mme de Fondville, au Musée du Mans.

Hauteur totale, 21 cent.

133 — Deux bas-reliefs de forme rectangulaire, légèrement cintrés et faisant pendants, en terre cuite, par Marin. Sur chacun d'eux, on voit une bacchante couchée, lutinée par de petits enfants bacchants.

Haut., 13 cent.; larg., 20 cent.

134 — Bonbonnière ovale en cristal de roche avec couvercle s'ouvrant à charnière. Elle est montée en or ciselé d'ornements et d'entrelacs en ors de différentes couleurs. Epoque de Louis XVI.

135 — Boite a mouches en nacre étoilée d'or, montée sur argent. Epoque de Louis XVI.

136 — Paire de petits flambeaux en argent ciselé, de l'époque de la Régence. Ils sont décorés à la base de coquilles et de godrons en spirales. Joli modèle.

Haut., 13 cent.

137 — Porte-huilier en argent ciselé et de forme contournée, du temps de la Régence. Monté sur quatre pieds à palmettes, il est borduré d'une moulure à entrelacs. Les supports de burettes et des bouchons sont mobiles et peuvent être retirés pour former une jardinière.

Haut., 8 cent.; larg., 25 cent.

138 — MIROIR dans un cadre en maroquin rouge se fermant par deux volets également en maroquin rouge, le tout orné d'ornements courants et de compartiments avec dessins dorés aux petits fers, par le célèbre relieur Clovis Eves. Charnières et ornements en cuivre découpé.

139 — COFFRET A ÉCRIRE en maroquin rouge, du même travail que le miroir, se divisant à l'intérieur en sept compartiments à couvercles également ornés. Il est protégé aux coins par des ornements en cuivre repercé, et se ferme par une serrure à moraillon en fer et deux crochets. Le coffret est surmonté d'une poignée de fer, qui fut autrefois dorée, ainsi que la serrure et les crochets.

140 — PETIT CADRE A MIROIR en bronze ajouré représentant des rinceaux de feuillage et des fleurs, orné à chacun des angles d'un monogramme surmonté d'une couronne de marquis, en argent.

141 — MIROIR avec entourage en os découpé à jour. Travail du XVe siècle.

142 — BOURSE de quête en étoffe tissée de quatre armoiries soutenues par des lévriers et surmontées de couronnes de marquis.

143 — AUTRE BOURSE de quête en velours vert brodé d'ornements d'argent. XVIIe siècle.

144 à 146 — TROIS ALMANACHS : *Fanchon la vielleuse*. Etrennes du Vaudeville 1804 à Paris chez Janet, etc.

— *Les plaisirs de la ville et de la campagne*. Nouvel almanach dédié aux deux sexes, 1777, chez Boulanger, (incomplet.)

— *Calendrier de la cour*, tiré des Ephémérides pour l'année 1787, à Paris, chez la veuve Hérisson, etc. Reliures anciennes.

147 — Petit cadre à guirlandes en bois sculpté et doré, du temps de Louis XVI, renfermant un dessin représentant des monuments antiques.

148 — Joli cadre du temps de Louis XVI en bois doré et finement sculpté d'oves, de perles et de rais de cœur. Il est surmonté d'un fronton en forme de cartouche avec cuirs et agrémenté de ruban plissé. Au bas se trouve un autre cartouche orné de guirlandes de lauriers.

Ouverture : Haut., 85 cent. ; larg., 69 cent.

149 — Robe décousue, à corsage et doubles jupes en soie dauphine du temps de Louis XVI, à rayures roses et bleues sur fond blanc à guirlandes et bouquets de fleurs. Excellent état de conservation et de coloris.

150 — Dessus de coussin en satin blanc, orné au centre d'un bouquet de fleurs rassemblées par un ruban rose, brodé au point de chainette. Il est entouré d'une bordure de cordon de perles entrelacé de guirlandes de fleurs.

PENDULES ET BRONZES

D'AMEUBLEMENT

151 — Pendule en bronze ciselé et doré, formée d'un vase avec couvercle et anses à mufles de lion ; un serpent enroulé à la base indique les heures sur deux cadrans tournants. Elle repose sur une base en forme de socle, décoré sur chacune de ses faces de charmants sujets enfantins peints par Ch. Eisen, représentant les Quatre Saisons, et porte, gravée, la signature de *Millot, hger du Roy, à Paris*. Belle pièce, du temps de Louis XVI.

Haut., 53 cent.

152 — CARTEL D'APPLIQUE en bronze finement ciselé et doré du temps de Louis XV. Le cadran, signé *Charles Balthazar, à Paris*, est entouré de rinceaux à feuillages accompagnés de branches fleuries et surmonté d'une terrasse en rocaille, avec un groupe formé par un renard forcé par deux chiens. Mouvement à tirage et à double sonnerie. Belle pièce, d'une conservation de dorure remarquable.

Haut., 75 cent.

153 — CARTEL D'APPLIQUE en bronze ciselé et doré, du temps de Louis XVI. De chaque côté d'un culot de feuilles d'acanthe, surmonté d'un coq, emblème de la vigilance, s'élancent des rinceaux se terminant en feuillages et branches de fleurs. Au-dessus du mouvement, signé *Gille l'aînné, à Paris*, se trouve un Amour, tenant un compas, assis auprès d'une sphère.

Haut., 66 cent.

154 — PAIRE DE CHENETS, du temps de la Régence, en bronze ciselé et doré. Ils sont formés par un lion accroupi reposant sur une base en forme de portique, avec consoles aux angles et portant au centre un mascaron formé par une tête couronnée de feuillage, de laquelle émergent des guirlandes se rattachant au sommet des consoles.

Haut., 28 cent.; larg., 31 cent.

155 — PAIRE DE VASES, à couvercles ajourés, attribués à Thomire, du temps de l'Empire, en marbre vert de mer, orné d'un bas-relief en bronze finement ciselé et doré, représentant des danses de femmes vêtues à l'antique, enguirlandant la statue de l'Amour. Ils reposent sur des socles de marbre portor à moulures de bronze doré, enrichis de figures de Mercure.

Haut., 47 cent.

156 — Paire de flambeaux, du temps de l'Empire, en bronze patiné et doré : le corps du flambeau représente une femme vêtue à l'antique, tenant une guirlande de fleurs. Debout sur un petit socle, posé lui-même sur une base ornée d'une frise d'oves ornementées et de feuilles d'acanthes. Le haut, très finement ciselé, repose sur la tête de la femme par un chapiteau d'ordre dorique. Beau modèle.

Haut., 33 cent.

157 — Pendule en bronze ciselé et doré, dont le corps, composé d'ornements ajourés, repose sur une base ornée d'oves et de rosaces ; deux colonnes cannelées s'élèvent, soutenant un entablement surmonté d'un vase à couvercle et à anses dans lesquelles passent une guirlande de feuilles de chêne, retombant sur chacun des côtés. Époque de Louis XVI.

Haut., 32 cent.

158 — Pendule en bronze ciselé et doré, surmontée d'une figure de femme nue, tenant un miroir. Elle est flanquée de deux consoles renversées et sa base est ornée d'un bas-relief d'amours. Époque de l'Empire.

159 — Pendule, en forme de portique en marbre blanc, soutenu par des pilastres en bronze doré et cannelés. Un bas-relief d'amours orne la base. Époque de la Révolution.

160 — Paire de flambeaux en bronze finement ciselé et doré, du temps de Louis XVI. La base est ornée de larges feuilles de vigne, séparées par des grappes de raisin ; des branches de lauriers entrecroisées décorent la tige. Rare et joli modèle.

Haut., 17 cent.

161 — Deux bas-reliefs en bronze finement ciselés et dorés, représentant des trophées guerriers. Travail du xviiie siècle.

MEUBLES ET SIÈGES

162 — Petit bureau dit bonheur du jour en bois de rose avec porte à coulisse dans le haut. Le bas est à deux tiroirs, dont l'un forme bureau, et tablette d'entre-jambes. La porte, les tiroirs et la tablette sont encadrés de filets noirs. Epoque de Louis XVI.

163 — Table a ouvrage en bois de placage, de forme ovale, à trois tiroirs et à pieds cambrés reliés par une entre-jambes moulurée de cuivre. Le dessus, bordé d'une galerie en cuivre ajouré, est décoré d'un bouquet de fleurs en marqueterie. Chutes, sabots, etc., en bronze ciselé. Epoque de Louis XVI.

164 — Commode en bois de placage et marqueterie de losanges et cubes, à deux tiroirs et à pieds cambrés, ornée de sabots, tablier, entrées et boutons de tirage en bronze. Tablette en marbre gris. Epoque de Louis XVI.

165 — Petite commode, à trois tiroirs, en bois de placage et marqueterie de branches de fleurs, sur quatre pieds cambrés. Epoque de Louis XVI. Tablette de marbre gris. Elle porte la signature *Guillaume* et le poinçon de Maître ébéniste.

166 — Meuble a hauteur d'appui en acajou, formant demi-lune, avec tiroir dans le haut et deux volets à coulisses, du temps de Louis XVI. Sabots, entrées de serrure, et boutons en bronze doré. Marbre gris veiné de rouge.

167 — Table formant bureau de dame en bois de placage et à pieds cambrés ; le dessus, recouvert de cuir, est entouré d'une moulure à godrons en bronze ciselé et doré.

168 — Baignoire en bois sculpté, du temps de la Régence. Elle est de forme contournée, à pieds cambrés, et comporte en outre un dossier avec accotoirs ainsi qu'un dessus formant lit de repos. Sculptée de fleurettes et de moulures, elle est entièrement foncée de canne, et munie de sa baignoire en cuivre étamé. Elle porte la signature de l'ébéniste N. S. *Courtois* et le poinçon de maîtrise.

169 — Chaise de toilette en bois sculpté de fleurettes, de la même époque que la baignoire. Elle recèle, sous l'assise, un bidet en vieille faïence de Rouen à décor bleu. Elle est également foncée de canne.

170 — Grand et beau fauteuil à oreilles en bois sculpté, du temps de la Régence. Les pieds cambrés, la ceinture et les accotoirs sont ornés de coquilles et de fins rinceaux de feuillage. Recouvert de velours couleur cuir.

171 — Fauteuil à poudrer, du temps de Louis XV. De forme contournée, il est délicatement sculpté de moulures, de fleurs et de coquilles. Recouvert de velours jaune.

172 — Fauteuil en bois sculpté, du temps de Louis XV. Belle composition de coquilles, de rocailles et de fleurs. Recouvert de velours jaune.

173 — Fauteuil, du temps de Louis XV, de forme contournée, en bois sculpté, ornementé de rocailles et de fleurs, portant l'estampille de *Gourdain*, maître-ébéniste. Recouvert de velours couleur cuir.

174 — Fauteuil de bureau, du temps de la Régence, en bois sculpté et à pieds cambrés reliés par un croisillon. L'assise, de forme bilobée, est cannée ainsi que le dossier. Sculpture de coquilles et feuillage.

www.ingramcontent.com/pod-product-compliance
Ingram Content Group UK Ltd.
Pitfield, Milton Keynes, MK11 3LW, UK
UKHW022149170726
13837UKWH00004B/1871